AF363569

COMPIÈGNE — *28 mars 1901.* V

VILLE DE COMPIÈGNE

Collections de M. Étienne N.

CATALOGUE

DE :

OBJETS PRÉHISTORIQUES

Meubles Anciens

FAÏENCES ANCIENNES, BRONZES, MEUBLES

GRAVURES, PAPIERS PEINTS

OBJETS DIVERS

Vente à Compiègne

RUE DE LA SOUS-PRÉFECTURE, n° 6

Les 28, 29 & 30 MARS 1901, à 1 heure 1/2,

En l'Hôtel de feu M. le Comte de MARSY.

Par le Ministère de Me **VEYSSEYRE**,

Commissaire-Priseur à Compiègne, 18, rue Le Féron.

Assisté de M. **GANDOUIN**, Expert,

40, Avenue Wagram, Paris,

Et Hôtel de la Cloche, à Compiègne.

COLLECTIONS DE M. ÉTIENNE N.

A Vendre aux Enchères publiques

A COMPIÈGNE, EN L'HOTEL DE FEU M. LE COMTE DE MARSY

Rue de la Sous-Préfecture, n° 6.

MEUBLES ANCIENS ET BOISERIES
des XVe, XVIe et XVIIe Siècles.

I. Meubles Louis XIV, Louis XV, Louis XVI, tels que : consoles, fauteuils, vitrine, commodes, petites tables, etc., etc.

II. Abouts de poutres, statuettes du XVe siècle, groupes, verrous en fer repoussé. Plusieurs coffres et coffrets des XVe et XVIe siècles, bas—reliefs, statuettes et panneaux du XVIe siècle : collection de croix anciennes.

FAÏENCES ANCIENNES

Rouen, Sinceny, Nevers, Strasbourg, Roanne, Marseille, Delft, etc., etc. Vingt assiettes patriotiques. **Collection de pavés émaillés** du XIIe au XVIe siècle. *Christ* du *XIIe siècle*. Christ bizantin. Baiser de paix émaillé. Plusieurs grès de Flandre très beaux.

PEINTURES ANCIENNES

Dessus de portes genre Oudry, portraits, pastels. Gravures de : Debucourt, Jazet, Aliamet, etc. Gravures anglaises. (Plusieurs de ces gravures et peintures sont dans des cadres anciens sculptés). Christs Louis XIV et Louis XV dans leur cadre de l'époque. Garniture de cheminée Empire. pendules et autres

Bronzes. — Vierge italienne, cassolettes, flambeaux.

Objets préhistoriques. — Grand nombre de silex représentant l'industrie primitive. Grand nombre de haches taillées et polies de toute nature. Divers objets extrêmement rares.

Objets Gallo-Romains. — Haches en bronze, lances, bagues, fibules, statuettes, clefs, etc., etc.

Serrurerie de fer. — Maréchalerie, Lances romaines, mérovin- giennes, etc.

NUMISMATIQUE

Pièces gauloises en bronze, potain et autres ; pièces romaines en argent et bronze ; pièces françaises en argent et bronze de quelques—unes des premières monarchies, du Moyen-Age jusqu'à nos jours. Histoires, bulles papales, etc.

Objets divers. — Bibliothèque acajou. Bureau marqueterie italien. Quantité de tentures papier illustré Empire. Pendule.

Vente au Comptant et 10 O/O en sus des Enchères.

EXPOSITION PUBLIQUE
Le 27 Mars 1901, de 9 heures à midi et 2 h. à 5 heures du soir.

CONDITIONS DE LA VENTE

Elle aura lieu au comptant ; les Acquéreurs paieront
10 0/0 en sus des adjudications.

L'Expert chargé de faire la vente se réserve la faculté
de réunir ou de diviser les lots.

En cas de contestation sur une enchère au moment de
l'adjudication, l'objet sera remis immédiatement en vente.

L'Expert chargé de la vente recevra et se chargera des
commissions des personnes qui ne pourront assister à la vente.

ORDRE DES VACATIONS

1re VACATION : Le 28 Mars.

Objets préhistoriques. — Faïences.

2e VACATION : Le 29 Mars.

**Objets préhistoriques, Gallo-Romain, Moyen-Age
et restant des Faïences et Porcelaines.**

3e VACATION : Le 30 Mars.

**Gravures, Tableaux, Panneaux sculptés
Bronzes et Meubles.**

COMPIÈGNE — IMPRIMERIE DU *PROGRÈS DE L'OISE*

17 — Rue Pierre-Sauvage — 17

DÉSIGNATION

OBJETS PRÉHISTORIQUES

1 — 35 cartes de 30 pièces environ époque de la pierre taillée, comprenant grattoirs, couteaux, hachettes en silex, provenance du Mont-Gannelon.

2 — Série de haches taillées, pointes de lances, percuteurs en silex, 17 pièces, provenant de la gréviére du Buissonnet.

3 — Pierres polies et taillées, percuteurs, grattoirs, haches, provenant de Montmartin, Champlieu, Bailleul-le-Soc, etc.

4 — Important lot de haches en pierre taillée, en pierre polie, silex, jaspe, obsidienne, marbre et pierre de touche, provenant de : Hémévillers, Piennes, Bailleul-le-Soc, Rouvillers, Montmartin, Buissonnet, etc.

5 — Hache en bois de renne, autre en bois de cerf, différents instruments de musique en os, lot d'épingles ivoire et os, époque gallo-romaine.

6 — ÉPOQUE DU BRONZE. Quatre haches, hachette et pointe de lance, ambon, deux torques, provenant des fouilles de Ham, Buissonnet et Saint-Vast-de-Longmont.

7 — *Fibules*, bagues, anses, broches, anneaux en verroterie gallo-romaines, deux statuettes : *Mercure* et *Hercule*, provenant de Gannelon, Moyenneville et Verneuil.

8 — ÉPOQUE GALLO ROMAINE. Fers de chevaux, fer de mors, étrier.

9 — Clefs en fer romaines, 10 pièces.

10 — ÉPOQUE GALLO-ROMAINE ET MÉROVINGIENNE. Ambon, fers de lance, haches, pinces et crochet de bâtelier.

11 — ÉPOQUE MÉROVINGIENNE. Sept clefs à panetons.

12 — ÉPOQUE GOTHIQUE. Cinq fers de lance.

13 — ÉPOQUE GALLO-ROMAINE. Fibules, anneaux, bagues, etc.

14 — BRONZE ET FER. — ÉPOQUES GALLO-ROMAINE ET MÉROVINGIENNE. Bagues, clefs, fibules, anneaux, agrafes, boutons, etc., provenant de Bailleul-le-Soc, Lachelle, Buissonnet et Gannelon, etc.

15 — Agrafes, fibules, boutons, petites plaques pectorales.

16 — ÉPOQUE GALLO-ROMAINE. Débris de vases en terre sigillée avec figures en relief et inscriptions, divers vases gaulois.

17 — XIe SIÈCLE. Christ bysantin bronze. Il est vêtu d'une jupe gravée.

18 — XIe SIÈCLE. Christ et sa Croix, émail champlevé, la figure du Christ est en relief.

19 — GOTHIQUE. Diverses enseignes de pèlerinage représentant des calvaires et différents saints.

20 — XVIe SIÈCLE. Diverses médailles et croix de Notre-Dame-de-Liesse et autres lieux.

21 — XVIe SIÈCLE. Médailles et enseignes de pèlerinages, une bossette, poids.

22 — XVIe SIÈCLE. Fer ouvré. Deux verrous, un provenant d'Ecouen.

23 — XVIᵉ SIÈCLE. Émail peint. Baiser de paix. Calvaire.

24 — XVᵉ ET XVIᵉ SIÈCLES. Cuillères à encens avec figures de vierge et attributs divers, deux plaques russes émaillées.

25 — XIIIᵉ AU XVᵉ SIÈCLES. Carreaux émaillés à fleurs de lys, lions, têtes de cerf, etc., etc., provenant de Ham, Citeaux, Coucy.

26 — XIIIᵉ SIÈCLE. Lot de carreaux à fleurs de lys, lion, chevaux, chimères, rosaces. Château de Fréniches (Oise).

27 — XIVᵉ SIÈCLE. Cinq corbeaux, têtes d'homme et de femme, provenant d'une maison de Compiègne, bois sculpté.

28 — SINCENY. Saladier avec le nom Sinceny, fleurs et paons polychromes.

29 — SINCENY. Suspension jardinière avec têtes d'anges en relief, guirlandes et fleurs, décors polychromes.

30 — SINCENY. Plat rond sur le marli émail et feuillages, au centre attributs des corporations d'archers.

31 — SINCENY. Cadran d'horloge (avec son horloge), décors polychromes.

32 — SINCENY. Plats octogones, décors polychromes, fleurs.

33 — SINCENY. Sous ce numéro divers plats ovales, ronds, assiettes et objets divers de cette fabrique à décors polychromes.

34 — ROUEN. Jardinière à accrocher, décors polychromes, dits à la corne, très belle qualité.

34 *bis* — ROUEN. Huilier, décors polychromes genre à la corne.

35 — ROUEN. Jardinière à accrocher, décors polychromes, dits à la corne, très belle qualité.

36 — ROUEN. Plats ovales, décors polychromes, par GUILLIBEAU.

37 — ROUEN. Sous ce numéro plats ronds, plats ovales, décors par GUILLIBEAU et DIEN.

38 — ROUEN. Quatre très belles assiettes et plats divers, fabrique de GUILLIBEAU.

39 — ROUEN. Plats ronds, décors bleus, époque Louis XIV.

40 — ROUEN. Compotier carré, décors polychromes à la corne.

41 — SINCENY. Fontaine à accrocher avec son couvercle, décors polychromes dans le goût de Rouen.

42 — LILLE. Saladier riche, décor rocaille, décor bleu et manganèse.

43 — PARIS. Assiettes décors bleus à trois couronnes, pour le château de Bellevue.

44 — NEVERS. Paire de cornets époque Louis XIV, décors bleus, fleurs et oiseaux.

45 — NEVERS. Sous ce numéro, quantité d'assiettes à décors polychromes, fleurs, oiseaux, hommes, paysages.

46 — NEVERS. Assiettes dites patriotiques ; assiettes au gendarme ; tombeau de Mirabeau ; nouvelle Constitution de 1791 ; 13 *in uno* 1790, arbres de Liberté, trois ordres, Union et Force ; une assiette à ballon.

47 — NEVERS. Sous ce numéro, assiettes à fleurs, à arabesques, plats à barbe, saladiers, etc., etc.

48 — NEVERS. Vases, cache-pots fond bleu, décors empois.

49 — NEVERS. Assiettes patronymiques, Anne Picard, avec devise : *Je pleure ce que beaucoup de personnes ont perdu.* 1758.

50 — SYNCENY. Très belle console à accrocher, époque Louis XV avec ornements en relief, décors bleus. Très belle qualité, objet très rare.

51 — PICARDIE. Trois assiettes époque première République ; deux avec légende : *Vive la R. F.* Autre : *La Liberté ou la Mort.*

52 — STRASBOURG. Première République et autres. Assiettes aux trois ordres, décors polychromes : *Vive la Nation.* Autre avec l'Aigle Impérial couronné.

53 — STRASBOURG et APREAY. Lot considérable d'assiettes, plats ronds et ovales, à décors polychromes, œillets, roses, bouquets divers.

54 — STRASBOURG. Soupière avec son couvercle.

55 — NEVERS. Jardinière à décors bleus en storse.

56 — STRASBOURG. Paire de jardinières rectangulaires, décors polychromes, bouquets fleurs.

57 — ROUEN. Plat octogone à décors polychromes à la pagode.

58 — SAINT-OMER. Banette ovale, décors bleus et manganèse, pagode, personnages chinois ; deux assiettes.

59 — SAINT-OMER. Pichet fond bleu, décors imbrications blanches et jaunes, fleurs et oiseaux. Petit cache-pot à imbrications blanches.

60 — SINCENY. Deux jardinières à accrocher, décors polychromes, fleurs et oiseaux.

61 — MARSEILLE. Assiette décor polychrome, sujet dans le goût de D. TEYNIERS.

62 — MOUSTIERS. Plat rond, bord festonné, décors bleus dans le goût de BÉRAIN.

63 — MARSEILLE. Petite bouquetière carrée, décors polychromes à bouquets fleurs.

64 — NEVERS. Petit plat rond, décors bleus, personnages chinois, époque CONRAD.

65 — NEVERS. Paire de souliers de Noël, décors polychromes, bouquets fleurs.

66 — MARSEILLE. Corbeille ajourée, décors polychromes, bouquets fleurs, signée à la fleur de lys.

67 — DELFT. Deux plats ronds, décors polychromes, fleurs.

68 — DELFT. Diverses assiettes à décors bleus.

69 — SINCENY. Plat octogone, décors polychromes, dit à La Haie.

70. — ISLETTE. Cartel porte-montre à fleurs en relief surmonté d'une figure d'amour, décors polychromes avec personnages chinois.

71 — DESVRES. Trois plats, décors polychromes.

72 — ROUEN. Grand plat oblong octogone, décors bleus.

73 — ROUEN. Plat rond, décor bleu, chantourné avec armoirie au centre et devise : *Son fruit fait mon bonheur*.

74 — SINCENY. Plat ovale, décors polychromes, bouquet fleurs.

75 — SINCENY. Pichet, décors polychromes, fleurs, arbustes, oiseaux.

76 — ROUEN. Pichet couvert, décors bleus, époque Louis XIV.

77 — DELFT. Trois plats, décors polychromes.

78 — DELFT. Assiettes diverses à décors bleus.

79 — DELFT. Pichet décors bleus.

80 — CHANTILLY. Vingt assiettes, décors bleus, dites au Barbeau, pâte tendre.

80 *bis* — Deux vases à cornets avec fleurs en relief polychromées, signés Jacob Petit.

81 — DESVRES. Deux plats ronds, décors bleus.

82 — GRÈS DE LA MEUSE. Pichet du XVIᵉ siècle à masques barbus.

83 — Coupe en stuc avec décors polychromes.

84 — GRÈS DE LA MEUSE. Un encrier, décor bleu.

85 — Deux pichets très anciens de la Meuse et un encrier.

86 — BEAUVAIS. Plat rond avec inscription : *Géromme Delavaquery*, lieutenant des Garçons, 1753.

MEUBLES

87 — ÉPOQUE LOUIS XVI. Petite commode à deux rangs de tiroirs marqueterie, bois rose et bois couleur.

88 — ÉPOQUE LOUIS XVI. Commode à deux rangs de tiroirs marqueterie, bois rose, bois violet, pieds cambrés.

88 *bis* — Commode époque Louis XIV en bois de plaquage, rose, amarante ; garnie de bronze, chutes, entrées, poignées, sabots.

89 — ÉPOQUE LOUIS XVI. Table à ouvrage en bois d'acajou à filets cuivre.

89 *bis* — Grand bureau plat, époque Louis XV, en acajou, avec quart de ronds, chutes, sabots et entrées ; quelques bronzes rapportés.

90 — ÉPOQUE LOUIS XVI. Table à ouvrage (analogue à la précédente), deux tiroirs.

91 — ÉPOQUE LOUIS XVI. Table console à angles rentrants, acajou moucheté, pieds canelés et filets cuivre.

92 — Bibliothèque acajou.

93 — Autre plus petite.

94 — Vitrine à accrocher

94 *bis* — Sous ce numéro, diverses glaces anciennes avec cadres, bois sculpté et doré et bois naturel. Epoques Louis XV, Louis XVI et Empire.

95 — XVIᵉ SIÈCLE. Petit coffret en peau de chagrin, bardé de fer ouvré.

96 — XVIᵉ SIÈCLE. Coffret en velours bardé de cuivré ouvré, à extrémités fleurdelisées.

97 — Époque Louis XIII. Coffret en bois racine avec des écoinçons en cuivre repoussé, bas-reliefs, entrées et crochets de même travail.

98 — Style Louis XV. Mobilier de salon en bois sculpté doré, comprenant : Canapé, quatre fauteuils, quatre chaises, couverts en damas soie.

99 — Époque Louis XV. Une chaise bois sculpté recouverte en velours, imitation de Gênes.

100 — Époque Louis XVI. Fauteuil bois sculpté, bras, pieds et dossier à balustre.

100 *bis* Époque Louis XVI. Chaise à lyre, allant avec le numéro précédent.
Une autre non pareille.

101 — Époque Louis XIII. Cadre de glace en noyer avec application en cuivre repoussé.

102 — Epoque Louis XIII. Dossier de chaise en noyer scuplté avec tête d'ange.

103 — XVIᵉ siècle. Devant de coffre avec panneaux à arabesques et profil de pasteurs et guerriers.

104 — Epoque Louis XIV. Un petit meuble d'appui à une porte, chêne sculpté.

105 — XVIᵉ siècle. Coffre avec pampre et grappes raisin.

106 — XVIIIᵉ siècle. Devant d'autel époque Louis XV, avec bas-reliefs représentant la *Résurrection* (provenance de Saint-Jean-aux-Bois.)

107 — Epoque de la Régence. Bas-relief chêne sculpté avec très beau motif d'arabesques.

107 *bis* — Époque Louis XV. Deux panneaux de lambris avec fleurs et ornements.

108 — Epoque Louis XVI. Vitrine à deux portes bois, plaquage rose et amarante.

109 — ÉPOQUE LOUIS XV. Grande table console, pieds cambrés, chêne sculpté.

110 — ÉPOQUE LOUIS XIV. Coffret écaille rouge, avec applications cuivre repoussé.

111 — ÉPOQUE LOUIS XV. Coffret carré bois, laqué rouge, rehaussé d'or.

112 — ÉPOQUE LOUIS XV. Meuble d'appui forme contournée à deux portes, orné de moulures.

113 — ÉPOQUE LOUIS XV. Paire de consoles en bois sculpté peint gris avec parties ajourées.

114 — XVIᵉ SIÈCLE. Quatre panneaux provenant de meubles chêne sculpté, à profils de femmes et arabesques.

115 — ÉPOQUE LOUIS XVI. Console rectangulaire acajou avec filets cuivre en relief.

116 — ÉPOQUE EMPIRE. Médailler en acajou à huit tiroirs.

117 — ÉPOQUE LOUIS XIV. Grand fauteuil dossier carré, pieds à balustres reliés en X, recouvert en damas soie de la même époque.

118 — ÉPOQUE LOUIS XV. Chaises en noyer sculpté, dossier cambré.

119 — ÉPOQUE DE LA RÉGENCE. Deux fauteuils en chêne sculpté, canné, pieds reliés en X.

120 — XVIᵉ SIÈCLE. Grand coffret en fer avec très belle serrure ciselée.

121 — Cuirasse et casque, époque 1830.

122 — ÉPOQUES LOUIS XIII et LOUIS XIV. Sous ce numéro, environ onze statuettes bois sculpté peintes et dorées, saints, vierges, figures allégoriques.

123 — XVIᵉ SIÈCLE. Chêne sculpté, panneau représentant l'*Annonciation*.

124 — XVIe SIÈCLE. Bas-relief représentant *Saint Jean*, bois
sculpté polychromé.

125 — XVIe SIÈCLE. Groupe bois sculpté : *Saint Jean* et la
Vierge.

126 — XVIe SIÈCLE : Deux statuettes bois sculpté polychromé
Saint Anasthase et *Sainte Marthe*.

127 — XVIIe SIÈCLE. Deux statuettes représentant *Saint
Joseph* et un Saint évêque.

128 — XVIe SIÈCLE. Statuette *Sainte Anne portant la Vierge
et l'enfant Jésus*, polychromée.

129 — XVIe SIÈCLE. Un groupe chêne sculpté polychromé,
représentant l'*Evanouissement de la Vierge*.

130 — XVIe SIÈCLE. *Jésus conduit au Calvaire avec Sainte-
Véronique*.

131 — XVIe SIÈCLE. Jeune mère et son enfant dans un
berceau.

132 — XVIe ET XVIIe SIÈCLES. Quatre statuettes bois sculpté.

133 — XVIe SIÈCLE. Bas-relief à fronton circulaire représentant le Couronnement de la Vierge.

134 — Sous ce numéro, différents panneaux des XVe et
XVIe siècles, bois sculpté.

135 — ÉPOQUE LOUIS XIV. Portrait d'homme, forme ovale,
cadre bois sculpté, même époque.

136 — ÉPOQUE LOUIS XIV. Crucifix avec Christ ivoire, cadre
bois sculpté, même époque.

137 — ÉPOQUE LOUIS XIV. Crucifix bois sculpté polychromé,
cadre de la même époque.

138 — Un autre (analogue au précédent).

139 — ÉPOQUE LOUIS XIV. Le sommeil de l'Enfant Jésus.
peinture d'après *Le Guide*, cadre bois sculpté.

140 — ÉCOLE FRANÇAISE. Portrait de femme. Pastel, cadre
bois sculpté, époque Louis XIV.

141 — ÉPOQUE LOUIS XV. Jeune femme à sa toilette, cadre
bois doré.

142 — Marie Leczinska, d'après NATTIER.

143 — Sous ce numéro, six gravures encadrées.

144 — HIPPOLYTE LE COMTE. Quatre gravures en couleur, par
DEBUCOURT.

145 — ÉCOLE FRANÇAISE. *Mort d'Alexandre*, cadre bois sculpté
époque Louis XIV.

145 *bis* — LESUEUR (EUSTACHE). Trois têtes d'étude encadrée.

146 — ÉCOLE ALLEMANDE. Gravure en manière noire, représentant *Silène*, cadre bois sculpté.

147 — Quatre gravures représentant les *Saisons* par MARTINET,
gravées en couleur par JAZET.

148 — MORLAND (A. TES A. GARDEN). Gravure en couleur,
par Mlle ROLLAYE.

149 — Gravure, cadre en bois sculpté, *Translation du Saint-
Suaire* à Compiègne.

150 — JEAURAT. Deux gravures encadrées, *la Place Maubert*
et *la Place des Halles*.

151 — ÉCOLE FRANÇAISE. Deux paysages.

151 — BREUGHEL (PIERRE). *Noce Villageoise.*

153 — RAOUX. *Le Rendez-Vous agréable* et *l'Offrande à
Priape*, gravures, cadres en bois sculpté.

154 — ÉCOLE FRANÇAISE (1825). Portrait de femme.

155 — CHARLES LE BRUN. Portrait de Fouquet, gravure
encadrée.

156 — ÉCOLE FRANÇAISE (XVIIIe SIÈCLE). Portrait de femme.

157 — BARTHOLOZZI. *Sainte Cécile*, gravure en sanguine.

158 — Époque Louis XIV. Crucifix avec Christ en buis, cadre bois sculpté, même époque.

159 — Bronze d'après Raphael. Vierge et l'Enfant.

160 — Paire chenêts époque Louis-Philippe, lion couché sur socle à masque humain.

160 *bis* Époque du Premier Empire. Galerie de cheminée avec lions et ornements dorés.

161 — Bronze époque Louis-Philippe. Galerie de foyer.

162. — Oudry, attribué à J.-B. Deux dessus de porte : *Chasse au Sanglier, Chasse au Cerf.*

163 — Oudry. *Sanglier forcé par les Chiens.*

164 — Terre cuite. *L'Ange gardien* (groupe).

165 — XVIII\u1d49 siècle. Buste empereur romain.

166 — Époque du Premier Empire. Importante pendule bronze ciselé, doré au mercure, représentant les *Sciences*, le bas-relief représente les *Arts*.

167 — Sous ce numéro, divers flambeaux anciens des époques Louis XIV, Louis XVI et gothique.

168 — Époque Louis XVI. Paire de flambeaux cassolettes, en bronze ciselé.

169 — Époque du Premier Empire. Sous ce numéro, feuilles de papier peint, sujets en grisaille et polychrome, représentant : le Trouvère, la Leçon de Danse, la Bonne Aventure, les Jardiniers, le Bivouac, Agar au Désert, la Leçon de Lecture.

170 — Tentures anciennes en papier peint. Époque 1830. Chasse au Bison, Chasse au Marais, Intérieur de Parc, Scènes à Taïti, Vues du Mexique, Révoltes de Nègres ; grande tenture : les Chutes du Niagara, Bords de l'Hudson, Revues, Lac Erié ; Tentures en grisailles : Courses de Chevaux à Rome ; autres tentures avec les Courses d'Epsom ; autres tentures, représentant les Scènes de la Révolution de 1830.

171 — Voiles en dentelles (anciens) et diverses dentelles.

172 — Série d'almanachs (Etrennes mignonnes) dont plusieurs à jolie reliure des XVIIIᵉ et XIXᵉ siècles.

173 — Sous ce numéro, tous les objets omis et non désignés au présent Catalogue seront vendus au commencement de chaque vacation.

174 — Monnaies anciennes. Sous ce numéro, Monnaies anciennes en bronze et en argent, des époques romaines, bas-empire, gauloises et consulaires, seront vendues par lots.

Compiègne. — Imp. du *Progrès de l'Oise*, rue Pierre-Sauvage, 17.